Ce livre appartient à :

_____

_____

Je lis tout seul

Le Lièvre et la Tortue

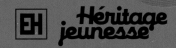

EH Héritage jeunesse

Il était une fois un lièvre
qui racontait à tout
le monde qu'il était
l'animal le plus rapide
de la forêt. «Personne
ne peut me battre!»
disait-il.

Un jour, la tortue en
eut assez d'entendre
le lièvre se vanter.
«Faisons la course!»
proposa-t-elle.

Le renard fut choisi
comme arbitre. Les
animaux se réunirent
autour du parcours.

Le lièvre et la tortue
se placèrent sur la ligne
de départ.

«À vos marques, prêts,
partez!» cria le renard.

DÉPART

Le lièvre partit comme
une flèche, et dépassa
rapidement la tortue.
«Tu ne me rattraperas
jamais!» lui cria-t-il.

Le lièvre était si rapide
que bientôt, la tortue
ne le vit plus. Mais elle
ne se découragea pas
et continua son chemin.

Quand le lièvre vit la ligne
d'arrivée, il se dit : « Je vais
me reposer un peu
à l'ombre de cet arbre,
pour arriver en forme. »

Arrivée

Mais le lièvre s'assoupit.
Il dormit longtemps et
profondément.

Si longtemps qu'il
ne vit pas la tortue
qui le dépassait.

Des applaudissements
réveillèrent le lièvre.
La tortue avait gagné !

« Rien ne sert de courir,
il faut partir à point ! »
s'écria le renard en
félicitant la tortue.